기획의 말

그리운 마음일 때 'I Miss You'라고 하는 것은 '내게서 당신이 빠져 있기(miss) 때문에 나는 충분한 존재가 될 수 없다'는 뜻이라는 게 소설가 쓰시마 유코의 아름다운 해석이다. 현재의 세계에는 틀림없이 결여가 있어서 우리는 언제나 무언가를 그리워한다. 한때 우리를 벅차게 했으나 이제는 읽을 수 없게 된 옛날의 시집을 되살리는 작업 또한 그 그리움의 일이다. 어떤 시집이 빠져 있는 한, 우리의 시는 충분해질 수 없다.

더 나아가 옛 시집을 복간하는 일은 한국 시문학사의 역동성이 드러나는 장을 여는 일이 될 수도 있다. 하나의 새로운 예술작품이 창조될 때 일어나는 일은 과거에 있었던 모든 예술작품에도 동시에 일어난다는 것이 시인 엘리엇의 오래된 말이다. 과거가 이룩해놓은 질서는 현재의 성취에 영향받아 다시 배치된다는 것이다. 우리는 현재의 빛에 의지해 어떤 과거를 선택할 것인가. 그렇게 시사(詩史)는 되돌아보며 전진한다.

이 일들을 문학동네는 이미 한 적이 있다. 1996년 11월 황동규, 마종기, 강은교의 청년기 시집들을 복간하며 '포에지 2000' 시리즈가 시작됐다. "생이 덧없고 힘겨울 때 이따금 가슴으로 암송했던 시들, 이미 절판되어 오래된 명성으로만 만날 수 있었던 시들, 동시대를 대표하는 시인들의 젊은 날의 아름다운 연가(戀歌)가 여기 되살아납니다." 당시로서는 드물고 귀했던 그 일을 우리는 이제 다시 시작해보려 한다.

기획의 말

그리운 마음일 때 'I Miss You'라고 하는 것은 '내게서 당신이 빠져 있기(miss) 때문에 나는 충분한 존재가 될 수 없다'는 뜻이라는 게 소설가 쓰시마 유코의 아름다운 해석이다. 현재의 세계에는 틀림없이 결여가 있어서 우리는 언제나 무언가를 그리워한다. 한때 우리를 벅차게 했으나 이제는 읽을 수 없게 된 옛날의 시집을 되살리는 작업 또한 그 그리움의 일이다. 어떤 시집이 빠져 있는 한, 우리의 시는 충분해질 수 없다.

더 나아가 옛 시집을 복간하는 일은 한국 시문학사의 역동성이 드러나는 장을 여는 일이 될 수도 있다. 하나의 새로운 예술작품이 창조될 때 일어나는 일은 과거에 있었던 모든 예술작품에도 동시에 일어난다는 것이 시인 엘리엇의 오래된 말이다. 과거가 이룩해놓은 질서는 현재의 성취에 영향받아 다시 배치된다는 것이다. 우리는 현재의 빛에 의지해 어떤 과거를 선택할 것인가. 그렇게 시사(詩史)는 되돌아보며 전진한다.

이 일들을 문학동네는 이미 한 적이 있다. 1996년 11월 황동규, 마종기, 강은교의 청년기 시집들을 복간하며 '포에지 2000' 시리즈가 시작됐다. "생이 덧없고 힘겨울 때 이따금 가슴으로 암송했던 시들, 이미 절판되어 오래된 명성으로만 만날 수 있었던 시들, 동시대를 대표하는 시인들의 젊은 날의 아름다운 연가(戀歌)가 여기 되살아납니다." 당시로서는 드물고 귀했던 그 일을 우리는 이제 다시 시작해보려 한다.

그곳이 멀지 않다

문학동네포에지 043

나희덕 시집

그곳이
멀지
않다

시인의 말

고통을 발음하는 것조차 소란처럼 느껴질 때가 있었다. 그것이 안으로 안으로 타올라 한 줌의 재로 남겨지는 순간을 기다려 시를 쓰고는 했다. 그러나 내가 얻은 것은 침묵의 순연한 재가 아니었다. 끝내 절규도 침묵도 되지 못한 언어들을 여기 묶는다. 이 잔해들 역시 얼마 지나지 않아 세상의 소음 속으로 돌아갈 운명이라는 걸 알면서도.

1997년 10월
나희덕

개정판 시인의 말

1997년에 나왔던 시집을 옛집에 돌아온 듯 다시 읽으며
서른 살 무렵의 나를 만났습니다.

그때의 나는 왜 탱자 꽃잎처럼 얇은 마음을 찔리면서
비명도 지르지 못하고 한 줌의 재와 침묵을 쥐고 있었던 것일까.
안쓰러운 생각에 책등을 가만히 쓰다듬어주었습니다.

서투른 대목이 눈에 띄어도 덧칠을 하지 않았습니다.
인생의 시기마다 그때에만 쓸 수 있는 시가 있으니까요.

다만, 마침표와 쉼표, 지시어와 복수접미사를 조금씩 덜어냈습니다.
무언가를 특정하거나 구분하려는 의지를 내려놓고 싶어서지요.
지나치게 명료한 매듭을 느슨하게 풀고 행간을 넓혔더니
말들이 예전보다 숨을 편하게 쉬는 것 같았습니다.
이것이 젊은 날에 썼던 시에 대한 저의 작은 우정입니다.

긴 시간이 흘렀지만
그곳이 멀지 않다, 고 여전히 말해보려 합니다.

2022년 1월
나희덕

차례

3부 가장 지독한 부패는 썩지 않는 것

1부　그때 나는 괴로웠을까 행복했을까

천장호에서

얼어붙은 호수는 아무것도 비추지 않는다
불빛도 산그림자도 잃어버렸다
제 단단함의 서슬만이 빛나고 있을 뿐
아무것도 아무것도 품지 않는다
헛되이 던진 돌멩이들,
새떼 대신 메아리만 쩡 쩡 날아오른다

네 이름을 부르는 일이 그러했다

오 분간

이 꽃그늘 아래서
내 일생이 다 지나갈 것 같다
기다리면서 서성거리면서
아니, 이미 다 지나갔을지도 모른다
아이를 기다리는 오 분간
아카시아꽃 하얗게 흩날리는
이 그늘 아래서
어느새 나는 머리 희끗한 노파가 되고,
버스가 저 모퉁이를 돌아서
내 앞에 멈추면
여섯 살배기가 뛰어내려 안기는 게 아니라
훤칠한 청년 하나 내게로 걸어올 것만 같다
내가 늙은 만큼 그는 자라서
서로의 삶을 맞바꾼 듯 마주보겠지
기다림 하나로도 깜박 지나가버릴 生,
내가 늘 기다렸던 이 자리에
그가 오래도록 돌아오지 않을 때쯤
너무 멀리 나가버린 그의 썰물을 향해
떨어지는 꽃잎,
또는 지나치는 버스를 향해
무어라 중얼거리면서 내 기다림을 완성하겠지
중얼거리는 동안 꽃잎은 한 무더기 또 진다
아, 저기 버스가 온다
나는 훌쩍 날아올라 꽃그늘을 벗어난다

그곳이 멀지 않다

사람 밖에서 살던 사람도
숨을 거둘 때는
비로소 사람 속으로 돌아온다

새도 죽을 때는
새 속으로 가서 뼈를 눕히리라

새들의 지저귐을 따라
아무리 마음을 뻗어보아도
마지막 날개를 접는 데까지 가지 못했다

어느 겨울 아침
상처도 없이 숲길에 떨어진
새 한 마리

넓은 후박나무 잎으로
나는 그 작은 성지를 덮어주었다

푸른 밤

너에게로 가지 않으려고 미친 듯 걸었던
그 무수한 길도
실은 네게로 향한 것이었다

까마득한 밤길을 혼자 걸어갈 때에도
내 응시에 날아간 별은
네 머리 위에서 반짝였을 것이고
내 한숨과 입김에 꽃들은
네게로 몸을 기울여 흔들렸을 것이다

사랑에서 치욕으로,
다시 치욕에서 사랑으로,
하루에도 몇 번씩 네게로 드리웠던 두레박

그러나 매양 퍼올린 것은
수만 갈래의 길이었을 따름이다
은하수의 한 별이 또하나의 별을 찾아가는
그 수만의 길을 나는 걷고 있는 것이다

나의 생애는
모든 지름길을 돌아서
네게로 난 단 하나의 에움길이었다

그때 나는

그때 나는 사과를 줍고 있었는데
재활원 비탈길에 어떤 아이가 먹다 떨어뜨린
사과를 허리 굽혀 줍고 있었는데
내가 주워올린 것은
흙 묻은 나의 심장이었다
그때 나는 다른 한 손에 가방을 들고 있었는데
목발을 짚은 그 아이의 가방을 들고 있었는데
내 손에 들린 것은
내 생의 무거운 가방이었다
그때 나는 성한 몸이라는 것조차 괴로웠는데
그 아이는 비뚤어진 입과 눈으로
자꾸만 웃었다 나도 따라 웃곤 했는데
그때마다 비탈의 나무들은 휘어지고 흔들렸는데
그 휘어짐에 놀라 새들은 날개를 멈칫거리고
새들 대신 날개 없는 나뭇잎만 날아올랐다
그때 나는 괴로웠을까 행복했을까
오늘 아침 땅 위에 떨어진 사과 한 알
천국과 지옥의 경계처럼
베어먹은 살에만 흙이 묻어 있다
그때처럼 주워들었지만
나는 그게 내 마음 같다고는 생각하지 않았다
살아서 심장에 흙이 묻을 수 있다니,
그랬다면 이 버려진 사과처럼 행복했을까 괴로웠을까

탱자 꽃잎보다도 얇은

나는 어제보다 얇아졌다
바람이 와서 자꾸만 살을 저며 간다
누구를 벨 수도 없는 칼날이
하루하루 자라고 있다

칼날을 베고 잠들던 날
탱자꽃 피어 있던 고향집이 꿈에 보였다
내가 칼날을 키우는 동안
탱자나무는 가시들을 무성하게 키웠다
그러나 꽃도 함께 피워
탱자나무 울타리 아래가 환했다

꽃들을 지키려고 탱자는 가시를 가졌을까
지킬 것도 없이 얇아져가는 나는
내 속의 칼날에 마음을 자꾸 베이는데
탱자 꽃잎에도 제 가시에 찔린 흔적이 있다

침을 발라 탱자 가시를 손에도 붙이고
코에도 붙이고 놀던 어린 시절
바람이 와서 탱자 가시를 가져가고 살을 가져가고

나는 어제보다 얇아졌다
나는 탱자 꽃잎보다도 얇아졌다
누구를 벨지도 모르는 칼날이

하루하루 자라고 있다

벗어놓은 스타킹

지치도록 달려온 갈색 암말이
여기 쓰러져 있다
더이상 흘러가지 않을 것처럼

生의 얼굴은 촘촘한 그물 같아서
조그만 거스러미에도 올이 주르르 풀려나가고
무릎과 엉덩이 부분은 이미 늘어져 있다
몸이 끌고 다니다가 벗어놓은 욕망의
껍데기는 아직 몸의 굴곡을 기억하고 있다
의상을 벗은 광대처럼 맨발이 낯설다
얼른 집어들고 일어나 물 속에 던져넣으면
달려온 하루가 현상되어 나오고
물을 머금은 암말은
갈색빛이 짙어지면서 다시 일어난다
또다른 의상이 되기 위하여

밤새 갈기는 잠자리 날개처럼 잘 마를 것이다

구두가 남겨졌다

그는 가고
그가 남기고 간 또하나의 육체,
삶은 어차피 낡은 가죽 냄새 같은 게 나지 않던가
씹을 수도 없이 질긴 것,
그러다가도 홀연 구두 한 켤레로 남는 것

그가 구두를 끌고 다닌 게 아니라
구두가 여기까지 그를 이끌어온 게 아니었을까
구두가 멈춘 그 자리에서
그의 생도 문득 걸음을 멈추었으니

얼마나 많이 걸었던지
납작해진 뒷굽, 어느 한쪽은 유독 닳아
그의 몸 마지막엔 심하게 기우뚱거렸을 것이다
밑 모를 우물 속에 던져진 돌이
바닥에 가 닿는 소리
생이 끝나는 순간에야 듣고 소스라쳤을지도 모른다
노고는 길고 회오의 순간은 짧다

고래 뱃속에서 마악 토해져나온 듯한
구두 한 켤레, 그 속에는
그의 발이 연주하던 생의 냄새 같은 게
그를 품고 있던 어둠 같은 게
온기처럼 한 움큼 남겨져 있다 날아간다

칸나의 시절

난롯가에 둘러앉아 우리는
빨간 엑스란 내복을 뒤집어 이를 잡았지
솔기에서 빠져나가지 못한 이들은 난로 위에 던져졌지
타닥타닥 튀어오르던 이들, 우리의 생은
그보다도 높이 튀어오르지 못하리란 걸 알고 있었지
황사가 오면 난로의 불도 꺼지고
볕이 드는 담장 아래 앉아 눈을 비볐지
슬픔 대신 모래알이 눈 속에서 서걱거렸지
봄이 와도 칸나가 필 때까지는 겨울이었지
빨간 내복을 벗어던지면 그 자리에 칸나가 피어났지
고아원 뜰에 칸나는 붉고
우리 마음은 붉음도 없이 푸석거렸지
이 몇 마리 말고 우리가 키울 수 있는 게 있었을까
칸나보다도 작았던 우리, 질긴
나일론 양말들은 쉽게 작아지지 않았지

황사의 나날을 지나 열일곱 혹은 열여덟
세상의 구석진 솔기 사이로 숨기 위해 흩어졌지
솔기는 깊어 우리 만날 수도 없었지
마주친다 해도 길을 잃었을 때뿐이었지

이 한 마리마저 키울 수 없다는 걸 알게 되었을 때
나일론 양말들 속으로 다시 들어갈 수 없게 되었을 때
그런 저녁을 밝혀줄 희미한 불빛에게

나는 묻지
네 가슴에도 칸나는 피어 있는가, 라고

품

세상에!
오동나무 한 그루에
까치가 스무 마리라니

크기는 크지만
반 넘어 썩어가는 나무였다

그 나무도
물기로 출렁거리던 때
제 잎으로만 무성하던 때 있었으리

빈 가지가 있어야지,
제 몸에 누구를 앉히는 일
저 아닌 무엇으로도 풍성해지는 일

툭 툭 터지는 오동 열매에
까치들 놀라서 날아올랐다가
검은 등걸 위로
다시 하나 둘 내려앉고 있었다

열대야

얼마나 더운지
그는 속옷마저 벗어던졌다

엎드려 자고 있는 그의 엉덩이
두 개의 무덤이 하나의 잠을 덮고 있다

잠은 죽음의 연습

때로는 잠꼬대가 두렵고
내쉬는 한숨의 깊이 쓸쓸하지만
그가 다녀온 세상에 내가 갈 수 없다는 것만큼
두렵고 쓸쓸한 일이 있을까

그의 벗은 등을 물끄러미 바라본다
벌거벗은 육체가 아름다운 건
주머니가 없어서일 것이다
누구도 데려갈 수 없는 그 강을
오늘도 건넜다가 돌아올 것이다, 그는

밤은 열대처럼 환하다

누에

세 자매가 손을 잡고 걸어온다

이제 보니 자매가 아니다
꼽추인 어미를 가운데 두고
두 딸은 키가 훌쩍 크다
어미는 얼마나 작은지 누에 같다
제 몸의 이천 배나 되는 실을
뽑아낸다는 누에,
저 등에 짊어진 혹에서
비단실 두 가닥 풀려나온 걸까
비단실 두 가닥이
이제 빈 누에고치를 감싸고 있다

그 비단실에
내 몸도 휘감겨 따라가면서
나는 만삭의 배를 가만히 쓸어안는다

시월

산에 와 생각합니다
바위가 산문을 여는 여기
언젠가 당신이 왔던 건 아닐까 하고,
머루 한 가지 꺾어
물 위로 무심히 흘려보내며
붉게 물드는 계곡을 바라보지 않았을까 하고,
잎을 깨치고 내려오는 저 햇살
당신 어깨에도 내렸으리라고,
산기슭에 걸터앉아 피웠을 담배 연기
저 떠도는 구름이 되었으리라고,
새삼 골짜기에 싸여 생각하는 것은
내가 벗하여 살 이름
머루나 다래
물든 잎사귀와 물
산문을 열고 제 몸을 여는 바위
도토리, 청설모, 쑥부쟁이뿐이어서
당신 이름뿐이어서
단풍 곁에 서 있다가 나도 따라 붉어져
물 위로 흘러내리면
나 여기 다녀간 줄 당신은 아실까
잎과 잎처럼 흐르다 만나질 수 있을까
이승이 아니라도 그럴 수는 있을까

만삭의 슬픔

낙산은 더이상
해를 품은 바다가 아니었다

사하촌에는 낮도 밤도 사라져버려
추락하기 위해 돌아가는 바이킹 소리와
잠들지 않는 사람들

나를 위해 남겨진 방은 없었다

만삭이 된 슬픔의 배를 안고 내가 찾아든 방은
낙산에서도 아주 멀리 떨어진,
해도 영영 비칠 것 같지 않은 작은 방이었다
이불을 펴고 누우니
어떤 사람 어떤 시름이 함께 누울 자리도 없이
방이 꽉 찼다, 다행이었다
무덤 속인 듯 자궁 속인 듯
그 방은 내 슬픔을 분만하기 위한 마구간이었다

그 방은 나를 잉태하기 시작했다
흘러나오는 슬픔에
방은 점점 좁아들고 천장은 낮게 가라앉았다
나는 천천히 눈을 감았다
멀리서는 아직 지상의 소리들이 들려오고 있었다

방이여, 내 위에 따뜻한 흙을 덮어다오
낙산이여, 그만 무너져다오
이제 나를 안아다오

2부
빛도 오래 두고 갚다보면 빛이 된다는 걸

고통에게 1

어느 굽이 몇 번은 만난 듯도 하다
네가 마음에 지핀 듯
울부짖으며 구르는 밤도 있지만
밝은 날 유리창에 이마를 대고
가만히 들여다보면
그러나 너는 정작 오지 않았던 것이다

어느 날 너는 무심한 표정으로 와서
쐐기풀을 한 짐 내려놓고 사라진다
사는 건 쐐기풀로 열두 벌의 수의를 짜는 일이라고
그때까지는 침묵해야 한다고
마술에 걸린 듯 수의를 위해 삶을 짜깁는다

손끝에 맺힌 핏방울이 말라가는 것을 보면서
네 속의 폭풍을 읽기도 하고
때로는 봄볕이 아른거리는 뜰에 쪼그려앉아
너를 생각하기도 한다
대체 나는 너를 기다리는 것인가
오늘은 비명 없이도 너와 지낼 수 있을 것 같아
나 너를 기다리고 있다 말해도 좋은 것인가

제 죽음에 기대어 피어날 꽃처럼, 봄뜰에서

고통에게 2

절망의 꽃잎 돋을 때마다
옆구리에서
겨드랑이에서
무릎에서
어디서 눈이 하나씩 열리는가

돋아나는 잎들
숨가쁘게 완성되는 꽃
그러나 완성되는 절망이란 없다

그만 지고 싶다는 생각
늙고 싶다는 생각
삶이 내 손을 그만 놓아주었으면 좋겠다는 생각

……그러나 꽃보다도 적게 산 나여

때늦은 우수(雨水)

정암사 일주문을 들어서는 순간
눈 녹은 물이 뚜욱, 내 이마를 때렸네

용서의 한 말씀

사북 같은 날을 지나
고한 같은 날을 지나
타오르지 않는 뜨거운 몸으로
나 여기까지 왔네
검붉은 계곡의 신음소리와
채탄되지 못한 슬픔을 지나서 왔네

믿기지 않게
시리고 맑은 물 한 방울이
온몸을 서늘하게 뚫고 지나갔네

나에게도 새 가지 돋으려나
마른 지팡이에 가지 뻗고 잎이 나고 붉은 열매 맺혔던
자장율사의 주목처럼
어떤 것도 죽음이라 말하기에는 이른 것인가

빚은 빛이다

아무도 따가지 않은
꽃사과야,
너도 나처럼 빚 갚으며 살고 있구나
햇살과 바람에 붉은 살 도로 내주며
겨우내 매달려 시들어가는구나

월급 타서 빚 갚고
퇴직금 타서 빚 갚고
그러고도 빚이 남아 있다는 게
오늘은 웬일인지 마음 놓인다

빚도 오래 두고 갚다보면
빛이 된다는 걸
우리가 조금이라도 가벼워질 수 있는 건
빚이 남아 있기 때문이라는 걸
너는 알겠지,
사과가 되지 못한 꽃사과야

그러고도 못다 갚으면
제 마른 육신을 남겨두고 가면 되지
저기 좀 봐, 꽃사과야
하늘에 빚진 새가 날아가고 있어
언덕에 빚진 눈이
조금씩 조금씩 녹아가고 있어

마음, 그 풀밭에

누군가 손대지 않음으로써 일구어놓았나

스스로 무성해진 풀밭
두려움도 없이 나는 풀을 벤다
낫이 움직이면서 마음에 자란 풀을 먹어치운다
풀을 베어낸 자리마다 흙이 상처처럼
검붉다, 부질없이 부질없이
옮겨 심을 무엇이 더 남아 있다는 것일까
드러난 흙이
뿌리를 삼키기 위해 입을 벌리듯
나의 탐식은 풀밭 위를 달린다

풀은 왜 늙으면서 질겨지는가
가벼워지는가

두려움도 없이 풀을 벤다
마음, 그 풀밭에 불을 놓는다
풀뿌리는 끝내 타지 않는다

내 속의 여자들

내 속에는
반만 피가 도는 목련 한 그루와
잎끝이 뾰족뾰족한 오엽송,
잎을 잔뜩 오그린 모란 두어 그루,
꽃을 일찍 피워버려
이제 하릴없이 무성해진 라일락,
이런 여자들 몇이 산다

한 뙈기 땅에 마음을 붙이고부터는
그녀들이 뿌리내려
내 영혼의 발목도 잡아주기를,
어디로도 못 가고
바람소리도 못 들은 채 살 수 있기를 바랐다
바람의 길은 너무 높거나 너무 낮은 곳에 있었다

어떤 날은 전지가위를 들고
무성해진 가지를 마구 쳐내기도 했다
쳐내면서 내 잎끝에 내가 찔리고
그런 날 밤에는
내 속의 뿌리들, 그녀들, 몸살을 앓고는 했다

다른 뜰에서 수십 송이 꽃이
폭죽처럼 터지던 봄날
내 반쪽 옆구리에는 목련 한 송이 간신히 피어났다

오그린 모란잎 사이에 고여 있는
몇 방울 빗물은 쉽게 마르지 않았다
라일락의 이미 흩어진 향기 돌아오지 않았다
바람은 짐짓 모른 체하며 내 곁을 지나갔다

밤길

—엄마! 저기 보석이 있어요.
—빛난다고 다 보석은 아니란다.
  저건 깨진 유릿조각일 뿐이야.

폐차장 앞은
별을 쏟아놓은 것처럼 환하다
빛에 이끌려 무작정 달려가려는 아이와
그 손을 잡아당기는 나의 손

손이 자란다는 것은 무엇일까
내 손은 언제부터 알게 된 것일까
유리는 유리일 뿐이라는 쓸쓸함과
한번 깨어지고 나면 더이상 유리일 수도 없다는
두려움을, 예리한 슬픔의 파편을

그 유리의 끝이 언젠가
아이의 실핏줄을 찌르리라는 예감에
나는 큰 손을 움츠리며
내 손 안의 여린 손을 다잡아보기도 한다

생각해보면
모든 게 보석처럼 빛나던
한 세계의 광휘, 내게도 있었다

그러니 누가 붙잡을 수 있으랴
상처를 모르는 손이 그리로 달려가는 것을
제 슬픔의 빛을 빌려
어둠을 살아가는 저 유릿조각들을
보석이 아니라고 말할 수 있으랴
어떤 손이 어떤 손에게 속삭일 수 있으랴

웅덩이

웅덩이를 지나다
그만 바지를 적시고 말았다
발을 헛딛는 순간
갇힌 물에서 날갯소리 들려왔다

내리는 비에
웅덩이는 깊어져가고
푸석거리는 몸이 견디기 어려웠던 나는
눅눅함도 축복인 양 걸어다녔다

해가 나자
비를 머금은 잎들 반짝거렸다 그 속으로
바지의 얼룩을 끌고 가면서
마를수록 선명해지는 상처 하나 끌고 가면서
다시 푸석거리는 소리

구석에 앉아 마른 얼룩을 비비면
흙먼지였던 당신
그제야 내게서 날아올랐다
기억은 웅덩이처럼 작아져갔다

어떤 항아리

이건 금이 간 항아리면서
금이 갔다고 말할 수 없는 항아리

손가락으로 퉁겨보면
그런대로 맑은 소리를 내고
물을 담아보아도 괜찮다

그런데 간장을 담으면 어디선가 샌다
간장만 통과시키는 막이라도 있는 것일까

너무나 짜서 맑아진,
너무 오래 달여서 서늘해진,
고통의 즙액만을 알아차리는
그의 감식안

무엇이든 담을 수 있지만
간장만은 담을 수 없는,
뜨거운 간장을 들이붓는 순간
산산조각이 나고 말 운명의

어떤 항아리

그러나 흙은 사라지지 않는다

학교를 떠났다기보다는
그 공터를 떠난 거라고 말하고 싶다.

교사 뒤쪽 버려진 공터가
나를 숨쉬게 하고 견디게 했기에
앉은걸음으로 드나들며 열두 계절을 보냈다
뿌리지 않아도 돋아나는 싹을 바라보며
내가 뿌린 인간의 씨앗들을 떠올렸고
민들레 흰 솜털을 떨어내며
가볍고도 촘촘한 목숨의 길을 생각했다
키를 넘는 수풀, 그 무성함이
소멸을 향한 빠른 걸음이 아닌가 싶어
젊음이 지나가는 속도가 와락 두려워지기도 했다
포물선을 그리며 튀어오르던 메뚜기들을
가늘게 뜬 눈으로 바라보던 가을날도,
웅웅거리며 묻고 있는 눈보라에게
쉽게 대답할 수 없던 겨울날도 다 지나갔다

내가 떠나도 공터는 남으리라
생각했는데, 공터가 나와 함께 사라졌다
짐을 꾸리는 동안
포클레인은 지나간 날들을 파내려갔다
구덩이가 깊어질수록
그 옆에는 작은 산이 하나 자라났다

파이는 것과 쌓이는 것,
그러나 흙은 사라지지 않는다
티끌과도 같은 날들이 먹구름으로 밀려온다

길 속의 길 속의

저 풀들은 홍해를 건너고 있는 것일까

갈라진 아스팔트 틈으로 풀들이 자라고 있다
길 속의 길,
길이 갈라져 풀이 난 게 아니라
풀씨가 팽창하면서
홍해처럼 길이 갈라진 게 아니었을까
키 작은 풀들 아래 개미들이 부지런히 부지런히
개미의 길을 가고 있다
길 속의 길 속의 길 속의 길 속의

어린 시절 뒤창을 열면
푸성귀를 이고 지고 장터로 가던 아낙들,
장날이면 피어나던 그 푸른 길을
창턱에 올라앉아 바라보던 어린 내가 있었다

밀물이 내 속으로

쌓고
또 쌓고
쌓는지도 모르고
쌓고
쌓는 것의 허망함을 알면서
쌓고
어디까지 갈 수 있나 오기로
쌓고
이것도 먹고사는 일이라고 말하며
쌓고
부끄럽다 얼굴 붉히면서도
쌓고
때로 공허함이 두려워서
쌓고
지우지 못해 끊지 못해
쌓고
바닥도 끝도 없이
쌓고
또 쌓다가

어느 날
내가 쌓은 모래성이 밀물을 불러왔다

또하나의 옥상

너에게도 이런 얼굴 있지 않을까

승천하지 못한 빗물, 검게 얼룩진 바닥 위로 기어가는 곰팡이와 이끼, 먼지를 겹입어 더이상 투명하지 않은 유릿조각, 낡은 타이어 두어 개, 녹슨 안테나, 뒤엉킨 전깃줄

날아오를 수도 달릴 수도 없는
무엇을 비출 수도 키울 수도 기억할 수도 없는
그런 소도구들 사이에서 중얼거려보는
쓸쓸한 무대 같은 게 있지 않을까

아무에게도 보이고 싶지 않은
그러나 보이지 않고는 견딜 수 없는
또하나의 얼굴
또하나의 옥상

수없이 너의 곁을 지나쳤지만
오늘 처음으로 너를 본다
나의 옥상에서 너의 옥상을 본다
너무 오래 웅크린 소도구들 사이에서
흔들리는 것도 본다

날아온 한 줌 흙에 뿌리내린 강아지풀

하늘로 하늘하늘거리고
강아지풀만큼 하늘에 가까워진 네 얼굴을
오래오래 들여다본다

귀여리에는 거미줄이 많다

귀여리에는 거미줄이 많다
그러나 거미는 보이지 않는다

물안개가 피어올라 귀여리를 지날 때는
거미줄을 타고 가는 모양이다
그 자리마다 하얀 포말처럼 흩어진
거미줄, 하루에도 몇 번씩
퍼덕이다가 허공에 점이 되는 목숨들
그러나 정작 거미는 보이지 않는다

지붕에서 처마로
큰 나무에서 작은 나무로
벽에서 벽으로
풀꽃에서 흙으로
거미줄은 사방으로 이어져 흔들리고 있다

흔들리기 때문에
가볍고 가볍기 때문에
그물은 벗어나기 힘든 것인지 모른다

풍화되는 날개들
날개의 마지막 퍼덕임과 더불어
사라져가는 것은 무엇인가

이끼

그 물들
그냥 흘러간 게 아니었구나

닳아지는 살 대신
그가 입혀주고 떠나간

푸른 옷 한 벌

내 단단한 얼굴 위로
내리치며 때로 어루만지며 지나간
분노와 사랑의 흔적

물 속에서만 자라나는
물 속에서만 아프지 않은

푸른 옷 한 벌

3부 가장 지독한 부패는 썩지 않는 것

속리산에서

가파른 비탈만이
순결한 싸움터라고 여겨온 나에게
속리산은 순하디순한 길을 열어 보였다
산다는 일은
더 높이 오르는 게 아니라
더 깊이 들어가는 것이라는 듯
평평한 길은 가도 가도 제자리 같았다
아직 높이에 대한 선망을 가진 나에게
세속을 벗어나도
세속의 습관은 남아 있는 나에게
산은 어깨를 낮추며 이렇게 속삭였다
산을 오르고 있지만
내가 넘는 건 정작 산이 아니라
산 속에 갇힌 시간일 거라고,
오히려 산 아래서 밥을 끓여먹고 살던
그 하루하루가
더 가파른 고비였을 거라고,
속리산은
단숨에 오를 수도 있는 높이를
길게 길게 늘여서 내 앞에 펼쳐주었다

뜨거운 돌

움켜쥐고 살아온 손바닥을
가만히 내려놓고 펴보는 날 있네
지나온 강물처럼 손금을 들여다보는
그런 날이 있네
내 스무 살 때 쥐어진 돌 하나
어디로도 굴러가지 못하고
아직 그 안에 남아 있는 걸 보네

가투 장소가 적힌 쪽지를 처음 받아들던 날
그건 종이가 아니라 뜨거운 돌이었네
누구에게도 그 돌 끝내 던지지 못했네
한 번도 뜨겁게 끌어안지 못한 이십대
화상마저 늙어가기 시작한 삼십대
던지지 못한 그 돌
오래된 질문처럼 내 손에 박혀 있네

그 돌을 손에 쥔 채 세상과 손잡고 살았네
그 돌을 손에 쥔 채 글을 쓰기도 했네
문장은 자꾸 걸려 넘어졌지만
뜨거움에서 벗어나기 위해 글을 쓰던 밤 있었네
만일 그 돌을 던졌다면, 누군가에게, 그랬다면,
삶이 좀더 가벼울 수 있었을까
오히려 그 뜨거움이 온기가 되어
나를 품어준 것은 아닐까 생각해보기도 하네

오래된 질문처럼 남아 있는 돌 하나
대답도 할 수 없는데 그 돌 식어가네
단 한 번도 흘러넘치지 못한 화산의 용암처럼
식어가는 돌 아직 내 손에 있네

계산에 대하여

계산을 하지 말고 살아야겠다
모든 계산은
부정확하지는 않아도
불가능한 거라는 생각이 든다
계산을 하는 동안에도
자본은 운동을 멈추지 않기 때문이다
지금 이 순간에도
구좌에서는 이자가 올라가고 있고
수수료와 세금과 연체료가 빠져나가고 있고
나도 모르는 사이에
재산은 불어가거나 녹아가고 있다
모든 존재는
언덕 아래로 굴러내리는 눈덩이와 같으니
모든 계산은
그 눈덩이의 지름을 재는 일과도 같다
계산을 한다는 것은
순간을 환산할 수 있다는 장담처럼
영원을 측량할 수 있다는 믿음처럼
어리석은 일
계산을 마치는 순간
그 수치는 돌덩이가 되어 나를 누르고
구르는 동안 욕망의 옷을 입기 시작할 것이다
부디 계산을 마치지 말자
그래도 우리는 그 위에 꽃피우며 잘도 산다

돌 위에 뿌리내린 풍란처럼
아슬아슬하게
그러나 제법 향기롭게

누에의 방

형광등이 꺼지고
백열등 하나가 앉은다리책상 위에 켜지면
아버지는 비로소 우리의 아버지가 되었다

잠 못 이루고 뒤척이곤 했던 것이
여름밤 식구들의 좁은 잠자리 때문이었는지
십오 촉 백열등 빛이 너무 밝아서였는지
천장을 가득 채우던 아버지의 그림자 때문이었는지
그 모든 것 때문이었는지 지금은 잘 기억나지 않는다
철판 긁는 소리가 밤새 들리던 밤
목에 둘렀던 수건을 감아 뜨거운 전구알을 갈던 모습이며
쥐가 난 다리를 뻗어서 두드리던 모습이며
전구 위에 씌웠던 종이갓이 검게 타들어가던 모습이며
자줏빛으로 죽어가던 손마디와 팔꿈치를 문지르던 모습이며
내가 반쯤 뜬 눈으로 보고 있었다는 것을
아버지는 알고 계셨을까 그 방을 벗어나고 싶어했다는 것을

글을 쓰고 싶어하셨지만
글자만을 한 자 한 자 철필로 새겨넣던 아버지
그러나 고치 속에서 뽑아낸 실로
세상을 향해 긴 글을 쓰고 계셨다는 걸 깨달은 것은

그후로도 오랜 뒤였다

오늘밤
마음의 형광등 모두 꺼지고 식구들도 잠들고
백열등 하나 오롯하게 빛나는 밤
아버지가 뽑아내던 실 끝이 어느새 내 입에 물려 있어
아버지가 나 대신 글을 쓰는 밤
나는 아버지라는 생을 옮겨 쓰는 필경사가 되어
뜨거운 고치 속에 돌아와 앉는다
그때의 바람이 이 견디기 어려운 여름 속으로
백열등이 너무 어둡게도 너무 밝게도 생각되는 내 눈 속으로
더 깊이 더 깊이 들어오기만 기다리면서
그림자 어른거리는 천장을 우두커니 바라보는 것이다
아무에게도 건네지 못할 긴 편지를 나 역시 쓰게 되는 것이다

마지막 양식

—故 김소진 작가를 추모하며

그가 마지막으로 구한 지상의 양식은
고구마였다

아무것도 삼킬 수 없는 지경에 이르러 그는
왜 고구마를 생각했을까
볕 좋은 날 오후 마루에 앉아
노모와 아내와 아이랑 먹곤 했다던 고구마
어린 시절 배고픔을 달래주던 고구마
그 짧은 행복과
기나긴 가난을 그리워했던 것일까
고구마를 삼키면 왜 자꾸 목이 메는지
그는 알고 있었을 것이다

숨을 멈추게 하며 솟구치는 그 서러움이
우리의 진정한 양식이라는 것을
깊게 믿었던 사람
어떤 거짓도 어떤 화사함도 없이
고구마를 다만 고구마로 그려냈던 사람
너무 환하지도 너무 어둡지도 않게
땅 위에 붉은 길을 내고 간 사람

그를 잃고도
세상의 잎들은 왜 피어나는지
덩굴은 다시 뻗어가는지

우리 알 수 없지만
그를 품은 흙들은 알고 있으리라

갈고리 같은 손으로 고구마 덩굴을 걷으면
땅속 깊이 맺힌 붉은 슬픔들,
그가 남긴 마지막 양식을 삼킬 때마다
자꾸만 목이 메어올 것이다

그에게 고구마 하나를 끝내 건네지 못한 우리는
자꾸만 목이 메어올 것이다

그 골목 잃어버리고

그들은 떠났다
무너져내린 판잣집들, 흩어진 유릿조각,
검은 재를 밟으며 돌아오는 나에게
참새 한 마리
그들이 떠났다는 걸 알려주려는 듯
전선 위에 남아 있다가 날아간다

저 새처럼
이제 어떤 가벼움으로 살아야 하나
고향처럼 지나던 그 골목 잃어버리고
창 너머 백열등 불빛에 젖던 저녁도 잃어버리고
재와 흙이 뒤섞인 길 위에서
어떤 황혼에 물들며 서 있어야 하나
새 아파트에 살면서 그들의
때묻은 벽지를 정겹다 말했던 나는
침대에 몸을 눕히고 살면서 그들의
낮은 잠자리 기웃거리던 나는
잃어버렸다, 그들을, 또한
누군가의 가난을 필요로 했던 반성과
누군가의 비참을 필요로 했던 그리움을
아, 처음부터 내 것이 아닌 애틋함을

그들은 떠났다
닭의 울음소리를 데리고

누추한 지붕을 푸른 이불처럼 가려주던
호박덩굴마저 거두어내리고 총총히 사라졌다
내 마음의 덩굴손이여
너는 또 어떤 누추함에 뿌리를 내리려느냐
누구의 가난을 푸르게 덮으려느냐

허공에서 머뭇거리고 있는 굴광성의 영혼이여

황사 속에서

놀고 들어온 아이가 양말을 벗으며 말했다

—아빠가 불쌍해요.
—왜, 갑자기?
—아빠는 죽어가고 있잖아요.
—대체 무슨 소리야?
—누구나 나이를 먹으면 죽는다는데
　아빤 우리 중에서 제일 나이가 많으니까요.

양말을 뒤집어도 바지를 털어도 모래투성이다
아이는 매일 모래를 묻혀 들어온다
그리고 모래알보다 많은 걸 배워서 들어온다

사람은 죽어가는 게 아니야,
살아가는 거야,
하지만 나는 밥을 안치면서 그렇게 말하지 못했다
젖은 쌀알이 모래처럼 서걱거렸다
아이가 묻혀 들어온 모래를 쓸어담으면서
완전히 쓸어담지도 못하면서
이미 어두워지기 시작한 창 밖을 본다

간신히 가라앉은 모래를
바람은 일으켜 어디론가 쓸고 간다

부패의 힘

벌겋게 녹슬어 있는 철문을 보며
나는 안심한다
녹슬 수 있음에 대하여

냄비 속에서 금세 곰팡이가 피어오르는 음식에
나는 안심한다
썩을 수 있음에 대하여

썩을 수 있다는 것은
아직 덜 썩었다는 얘기도 된다
가장 지독한 부패는 썩지 않는 것

부패는
자기 한계에 대한 고백이다
일종의 무릎 꿇음이다

그러나 잠시도 녹슬지 못하고
제대로 썩지도 못한 채
안절부절,
방부제를 삼키는 나여
가장 안심이 안 되는 나여

가벼워지지 않는 가방

또 헛되이 가방을 산다
아무리 작은 가방을 사도
삶의 짐은 가벼워지지 않으리란 걸 알면서

혁명은 안 되고 방만 바꾸었다던 시인은
그 방과 함께 노래를 잃고
가벼움을 재산으로 삼을 줄 알게 되었다지만
나는 방도 바꾸지 못하고 가방만 바꾼다
갇혀 있는 가방이 너무 작게 느껴지는 날에는
커다란 여행 가방을 사고
가방 속이 휑하게 느껴지는 날에는
날렵하고 단단해 보이는 핸드백을 산다
떠나지도 채우지도 못하면서 가방만 산다

가방에 더 넣을 것이 없다는 걸 알면서
크기가 이 정도는 돼야지, 중얼거리고
무늬는 이게 좋겠어, 들었다 놓기도 한다
그때마다 좌판에 놓인 가방은 한눈에 나를 고른다

새로 산 가방에 이끌려 돌아오는 길
혁명은 안 되고 나는 가방만 바꾸었지만
공허의 무게는 가벼워지지 않는다
그 무거움이 마음의 굳은살을 만든다

그걸 알면서
또 헛되이 가방을 살 것이다
채울 수 없는 빈 방을 내 안에 들여놓는 일처럼

종점 하나 전

집이 가까워오면
이상하게도 잠이 쏟아지기 시작했다
깨어보면 늘 종점이었다
몇 남지 않은 사람들이
죽음 속을 내딛듯 골목으로 사라져가고
한 정거장을 되짚어 걸어오던 밤길,
거기 내 어리석은 발길은 뿌리를 내렸다
내려야 할 정거장을 지나쳐
늘 막다른 어둠에 이르러야 했던,
터벅터벅 되돌아오던
그 길의 보도블록들은 여기저기 꺼져 있었다
그래서 길은 기우뚱거렸다
잘못 길들여진 말처럼
집을 향한 우회는 끝나지 않을 것이다
희미한 종점 다방의 불빛과
셔터를 내린 세탁소, 쌀집, 기름집의
작은 간판들이 바람에 흔들렸다
그 낮은 지붕들을 지나
마지막 오르막길에 들어서면
지붕들 사이로 숨은 나의 집이 보였다

집은
종점보다는 가까운,
그러나 여전히 먼 곳에 있었다

활주도 없이

비행기가 이륙하기를 기다리는 사이 창문 너머로 무엇인가를 발견했다 처음에는 활주로 위에 찍힌 하나의 점으로만 보였다 그지없이 작고 흰 날개, 마치 농담처럼 풍경 속에 날아든 그것은 거대한 비행기의 날개 아래 엎드려 있었다

끝없이 펼쳐진 잿빛 활주로 위에 나비라니, 시위를 떠나기 직전의 화살처럼, 비행기들 사이에서 제 날개를 긴장시키고 있는 한 마리 나비라니

비행기는 활주를 시작했다 몸을 공중에 띄우기 위하여 무서운 속력을 내는 기체의 흔들림과 굉음 속에서, 날면서도 날개를 퍼덕일 수 없는 존재의 무거움 속에서, 나는 내내 나비 한 마리를 생각했다 그지없이 작고 흰 날개의 비행을 생각했다 활주로 위에 웅크리고 있던 나비, 그러나 그는 활주도 없이 사뿐히 날아올라 잿빛의 대륙을 유유히 벗어나고 있을 것이다

손의 마지막 기억

인도 사리스카숲 속
새들의 삼거리에 이르렀다
새와 사람이 오래전부터 만나온 곳인지
인기척에 금세 새들이 날아들었다
나는 청포도 몇 알을 손바닥에 올려놓았다
새 한 마리가 손에 내려앉는 순간
발톱의 감촉에 놀라
움찔, 포도알을 땅 위에 흩어버리고 말았다
그런 나에게 다시 놀랐다
이제까지 시인 노릇 헛했구나!
새에 대한 사랑과
새에 대한 무수한 노래,
내 몸은 순식간에 그 모든 걸 배반했다
가장 정직한 고백을 몸에게서 들었다
더운 피가 도는 짐승의 등을
손으로 쓰다듬어본 게 얼마나 오래되었는지
손으로 대체 무얼 만지고 살아왔는지
손의 마지막 기억을 찾아
사리스카숲 속을 오래도록 헤매었다

성공한 인생

이구아수폭포를 본 것만으로도
나는 성공한 인생이다,
누군가 폭포를 보며 소리쳤다
장엄함에 모두가 말을 잃었다

그러나 더 성공한 生이 저기에 있다

등반을 거부하는 절벽 위로 쏟아지는 폭포,
그 속도의 벽을 뚫고
폭포 뒤에 집을 짓고 먹이를 나르는 새들
토해낸 물고기 뼈를 둥지에 깔고
맑은 알을 기르는 새들

거대한 폭포는 보아도
한 점 새는 보지 못하는 사람들이
우비를 덧입고 사진을 찍거나
작은 배를 타고 폭포 아래로 다가간다
그러나 폭포까지는, 폭포까지는 들어서지 못하고
눈도 못 뜨고 몸만 젖어 돌아서는 사람들에게
배는 눈먼 경전에 지나지 않는다

새들은 폭포의 뜨거운 목젖을 지난다

4부
모든 존재의 소리는 삐걱거림이라는 것을

포도밭처럼

저 야트막한 포도밭처럼 살고 싶었다
산등성이 아래 몸을 구부려
낮게 낮게 엎드려서 살고 싶었다
숨은 듯 숨지는 않은 듯
세상 밖에서 익혀가고 싶은 게 있었다
입 속에 남은 단 한 마디
포도씨처럼 물고
끝내 밖으로 내어놓고 싶지 않았다
둥근 몸을 굴려 어디에 처박히고 싶은 꿈
내게 있었다, 몇 장의 잎새 뒤에서

그러나 나는 이미 세상의 술틀에 던져진 포도알이었는지 모른다 채 익기도 전에 으깨어져 붉은 즙액이 되어버린, 너무 많은 말을 입 속 가득 머금고 울컥거리는, 나는 어느새 둥근 몸을 잃어버렸는지 모른다 포도가 아닌 다른 몸이 되어 절벅거리며, 냄새가 되어 또하나의 풍문이 되어 퍼져가면서, 세상을 적시고 있었는지 모른다

저 멀리 야트막한 포도밭의 평화,
아직 내 몸이 가지에 매달려 있는 것만 같아
사라진 손으로 사라진 몸을 더듬어본다
은밀하게 익혀가고 싶은 게 있었던 것처럼

거리

이쯤이면 될까
아니야 아니야 아직 멀었어
멀어지려면 한참 멀었어

이따금 염주 생각을 해봐

한 줄에 꿰여 있어도
각기 다른 빛으로 빛나는 염주알과 염주알,
그 까마득한 거리를 말야

알알이 흩어버린다 해도
여전히 너와 나,
모감주나무 열매인 것을

쓰러진 나무

저 아카시아나무는
쓰러진 채로 십 년을 견뎠다

몇 번은 쓰러지면서
잡목숲에 돌아온 나는 이제
쓰러진 나무의 향기와
살아 있는 나무의 향기를 함께 맡는다

쓰러진 아카시아를
제 몸으로 받아낸 떡갈나무,
사람이 사람을
그처럼 오래 껴안을 수 있으랴

잡목숲이 아름다운 건
두 나무가 기대어 선 각도 때문이다
아카시아에게로 굽어져간 곡선 때문이다

아카시아의 죽음과
떡갈나무의 삶이 함께 피워낸
연초록빛 소름,
십 년 전처럼 내 팔에도 소름이 돋는다

복장리에서

전혀 낯선 곳에 있는 자신을
발견할 때가 있다
복장리,
처음 들어보는 이곳으로
누가 나를 불렀나
해 질 무렵 인적 끊긴 산길에서
그것도 아기를 업고
왜 이곳을 서성거리고 있나

뻐꾸기 울음소리가 내 주위를 맴돈다
아기를 업은 채
울음소리가 들리는 쪽으로 다가갔다
스스로는 둥지를 짓지 않고
다른 새의 둥지에 알을 낳는다는 뻐꾸기,
내가 다가서자 푸드득 날아올랐다

내 어리석은 가슴에도 탁란을 했던 것일까
그 울음 하도 슬퍼서
등에 업은 아기가 혹시
뻐꾸기 새끼는 아닐까 싶기도 하다
어두워져 길은 닫히고
저녁 하늘과 같은 빛으로 가뭇없이 사라진
잿빛 뻐꾸기, 그 울음이 나를 불렀던 것일까

나뭇잎들의 극락

격랑 직후의 고요와
또다른 격랑 직전의 고요가
거짓말처럼
커다란 소(沼)를 이룰 때
오래 맴돌던 나뭇잎 하나
드디어 가라앉는다

제 몸보다 많은 물을 머금은 잎만이
다다른 나뭇잎들의 극락
수장당한 나뭇잎들과
스스로를 수장시킨 나뭇잎들,
그들은 고기떼보다 오래 저편에서 살아왔다

얼마나 떠돌아야
저 고요한 바닥에 이를 수 있을까

물은 다시 격랑으로 격랑으로
제 몸을 던지며 간다
흐르는 물을 몇 번이고 움켜쥐지만
손가락 사이로 빠져나가는 물,
그 속에 잠시 몇 개의 극락이 세워졌다 허물어진다

대동여지도는 아니더라도

대동여지도는 아니더라도
네 마음의 지도 한 장은 그릴 수 있을 것이다
그 격랑의 높이를
등고선 몇 개로 대신할 수 있을까마는
그래도 그릴 수는 있을 것이다
수없이 밟았지만 끝내 밟을 수 없던 땅의 이름들과
오래 울음 우는 네 여울목과
잎새 뒤 은밀하게 익어가는 사과 한 알의 과수원과
깊이를 알 수 없는 둥근 늪지와
마음의 갈피마다 숨겨져 있는 몇 개의 길을

혹은 네 마음의 기상도 한 장은 그릴 수 있을 것이다
바람은 어디서 낮게 불어오는지
네 슬픔과 기쁨은 어느 골짜기에서 만나는지
순한 양떼구름 몰고 황혼을 어떻게 찾아가는지
네 눈동자에 드리운 장마전선은 언제나 걷히려는지
아마도 나는 그릴 수 있을 것이다
슬픔의 끌로 새겨넣을 수는 있을 것이다

다만 한 가지 알 수 없는 일
그 속에서 자주 길 잃어버리는 일
내가 그린 그림 밖으로 걸어나갈 수 없다는 일

저 자리들

저 자리들은 어떤 뜨거움을, 꽃을, 누구의 등을, 또는 손이나 발의 길을 기억하고 있는 것일까

발길에 닳아빠져 가운데가 우묵해진 나무 계단, 붉은 불빛 아래 치욕에 시들어가는 여인들의 살갗, 누군가 지친 등을 기대었던 담벼락, 고즈넉한 꽃 한 송이 피워올렸던 꽃받침, 문 밖에서 싸늘하게 식어가는 연탄재, 반생의 기억에 저를 둥글게 말아서 남은 반생 또 어디로 굴러가고 있는 것일까

잊지 말아야 할 것을 잃어버린 적이 없는, 잊어야 할 것조차 잃어버린 적이 없는, 저 자리들, 누군가 남기고 간 자리들

왜

달팽이는 왜 날아오르지 못할까
붉은 먹이는 붉게
푸른 먹이는 푸르게
그렇게도 정직한 배설을 한다는데
진실은 그런 거라는데
왜 날개가 돋아나지 않는 것일까
오히려 젖은 흙을 파고들어
연한 생살을 비비며 살아야 하는 것일까
느리게 다만 느리게
흔적 없이 기어가는 일 말고는,
보이지 않게 보이지 않게
스며드는 일 말고는 도리가 없어
이파리 한구석에 숨은 것일까
고요히 비를 기다리고 있는 것일까

달팽이의 전 생애를 싣고도
왜 이파리는 흔들리지조차 않는 것일까

사랑

피 흘리지 않았는데
뒤돌아보니
하얀 눈 위로
상처 입은 짐승의
발자국이
나를 따라온다

저 발자국
내 속으로
절뚝거리며 들어와
한 마리 짐승을 키우리

눈 녹으면
그제야
몸 눕힐 양지를
찾아 떠나리

밥 생각

밥 주는 걸 잊으면
서곤 하던 시계가 있었지
긴 다리 짧은 다리 다 내려놓고 쉬다가
밥을 주면 째각째각 살아나던 시계,
그는 늘 주어진 시간만큼 충실했지
내가 그를 잊고 있는 동안에도
시간은 흘러갔지만
억지로 붙잡아두거나 따라가려는 마음 없이
그냥 밥 생각이나 하면서 기다리는 거야
요즘 내가 그래
누가 내게 밥 주는 걸 잊었나봐
깜깜해 그야말로 정전(停電)이야
모든 것과의 싸움에서 정전(停戰)이야
태엽처럼 감아놓은 고무줄을 누가 놓아버렸나봐
시간은 흘러가지만 아무 일도 일어나지 않아
냉장고의 감자에선 싹이 나지 않고
고드름이 녹지 않고 시곗바늘처럼 매달려 있어
째각째각 살아 있다는 소리 들리지 않아
반달이 보름달이 되고 다시 반달이 되는 것을 보지만
멈추어버린 나는 항상 보름달처럼 둥글지
그러니 어디에 부딪쳐도 아프지 않지 부서지지 않지
내 밥은 내가 못 주니까
보름이어도 나는 빛을 볼 수 없어
깜깜해 그냥 밥 생각이나 하고 있어

가끔은 내가 밥을 주지 않아 서 있을 누군가를 생각하지
밥을 주지 않아도 잘 가는 시계가 많지만
우리가 이렇게 서버린 건 순전히 밥 생각 때문이야
밥을 준다는 것은 잊지 않았다는 뜻이니까
네가 감아준 태엽마다 새로운 시간을 감고 싶으니까
그때까진 정전(停電)이야 정전(停戰)이라구, 이 구식 시계야

소리들

이 낯선 방에서 나는 혼자가 아니다
소리들이 함께 있다

세계의 가구들 중 하나로서 작은
소리를 내어볼 뿐이다

문간의 옷장은
문 밖의 냉기와 방 안의 온기 사이에서
툭, 툭, 몸을 조율한다
방금 앉았다 일어난 소파는
눌렸던 몸을 회복하느라 퍽, 하며 다시
부풀어오른다 보일러관의 끓는 물이
휘, 휘, 내 몸 안으로 흘러든다

이 낯선 방에 엎드려
나는 두 복숭아뼈나 부딪치며
생각한다 모든 존재의 소리는
삐걱거림이라는 것을
뜨거움과 차가움
사이에서 수축과 팽창, 단절과 소통
사이에서 흐르는 물조차
삐걱거린다는 것을
삐걱거리는 몸만이
그 소리 들을 수 있다는 것을

타악기 연주자 에벌린 글레니는 여덟 살 때 청력을 잃었지만
벽에 반사된 소리의 진동을 통해 존재의 음악을 들었으리라

사흘만

양쪽 무릎 뒤 연한 주름살 속에
내 귀가 달렸으면
그래서 귀뚜라미가 날개를 비벼서 내는
노래를 들을 수 있었으면
귀뚜라미를 들을 수 있었으면

꽃을 맴돌며 절박하게 잉잉거리는
벌떼의 기도를 들을 수 있었으면
주문도 기도도 끌어올릴 수 없는 내 마음에
그 소리라도 들어왔으면

노래도 사랑도 낙과처럼 저문 가을날
과수원에 떨어진 사과 한 알을 들고
산누에나방처럼
두껍고 단단한 고치를 틀고 앉아
한 사흘만 지낼 수 있었으면

사흘의 어둠을
인간계의 삼십 년과 바꿀 수 있었으면
배고프면 잘 익은 쪽부터 사과를 베어먹고
그렇게 사흘만 인간의 소리를 듣지 않을 수 있었으면
내 귀가 내 귀가 아니었으면

새떼가 날아간 하늘 끝

철새들이 줄을 맞추어 날아가는 것
길을 잃지 않으려 해서가 아닙니다
이미 한몸이어서입니다
티끌 속에 섞여 한 계절 펄럭이다보면
그렇게 되지 않겠습니까

앞서거니 뒤서거니 하다가
어느새 어깨를 나란히 하여 걷고 있는
두 사람
그 말없음의 거리가 그러하지 않겠습니까

새떼가 날아간 하늘 끝
또는 두 사람이 지나간 자리에 남은 온기에 젖어
오늘도 두리번거리다 돌아갑니다

몸마다 새겨진 어떤 거리와 속도를
새들은 지우지 못할 것입니다
그들 혹시 길을 잃었다 해도
한 시절이 그들의 가슴 위로 날아갔다 해도

발원을 향해

그곳에 가지 않았다
태백 금대산 어느 시냇가에 앉아
조금만 더 올라가면
남한강의 발원지가 있다는 말을 듣고도
그곳에 가지 않았다

어린 시절 예배당에 앉아 있으면
휘장 너머 하느님의 옷자락이 보일까봐
눈을 질끈 감곤 했던 것처럼
보아서는 안 될 것 같은 어떤 힘이 내 발을 묶었다

끝내 가지 않아야
세상의 물이란 물, 그
발원에 대해 생각할 수 있을 것 같기에
흐리고 사나운 물을 만나도
그 첫 순결함을 믿을 수 있을 것 같기에
간다 해도 그 물줄기 어디론가 숨어
내 눈에 보이지 않을 것 같기에
그곳에 가지 않았다
골지천과 송천이 만나는 아우라지쯤에서
나는 강물을 먼저 보내고
보이지 않는 발원을 향해 중얼거릴 것이다

만나지 못한 것들이 가슴을 샘솟게 하나니

금대산 검룡소,
가지 않아서 끝내 멀어진 길이여
아직 강이라는 이름을 얻기 전의 물줄기여

그 이불을 덮고

노고단 올라가는 양지녘
바람이 불러모은 마른 영혼들

졸참나무잎서어나무잎낙엽송잎당단풍잎
느티나무잎팽나무잎산벚나무잎너도밤나무잎

그 이불을 덮고
한겨울 여린 풀들이
한 열흘은 더 살다 간다

화엄사 뒷산
날개도 채 굳지 않은 날벌레들
벌써 눈 뜨고 날아오겠다

발 녹인 나도
한 닷새는 더 걸을 수 있겠다

문학동네포에지 043

그곳이 멀지 않다

1판 1쇄 발행 2004년 5월 20일 / 1판 19쇄 발행 2020년 12월 3일
2판 1쇄 발행 2022년 2월 15일 / 2판 4쇄 발행 2024년 11월 25일

지은이—나희덕
책임편집—김동휘
편집—김민정 유성원 송원경 김필균
표지 디자인—이기준 이현정
본문 디자인—이주영
저작권—박지영 형소진 최은진 오서영
마케팅—정민호 박치우 한민아 이민경 박진희 황승현
브랜딩—함유지 함근아 박민재 김희숙 이송이 박다솔 조다현 배진성
제작—강신은 김동욱 이순호
제작처—영신사

펴낸곳—(주)문학동네
펴낸이—김소영
출판등록—1993년 10월 22일 제2003-000045호
주소—10881 경기도 파주시 회동길 210
전자우편—editor@munhak.com
대표전화—031-955-8888 / 팩스—031-955-8855
문의전화—031-955-2689(마케팅), 031-955-8875(편집)
문학동네카페—http://cafe.naver.com/mhdn
인스타그램—@munhakdongne / 트위터—@munhakdongne
북클럽문학동네—http://bookclubmunhak.com

ISBN 978-89-546-8516-0 03810

—잘못된 책은 구입하신 서점에서 교환해드립니다.
기타 교환 문의 : 031-955-2661, 3580

www.munhak.com

문학동네